हिन्द पॉकेट बुक्स

बच्चन के लोकप्रिय गीत

हरिवंश राय बच्चन हिन्दी भाषा के प्रख्यात कवि और लेखक थे। उ.प्र. के बाबू पट्टी गांव में जन्मे बच्चन हिन्दी कविता के उत्तर छायावाद काल के प्रमुख कवियों में से एक हैं। उनकी सबसे प्रसिद्ध कृति *मधुशाला* है। भारतीय फिल्म उद्योग के प्रख्यात अभिनेता अमिताभ बच्चन उनके सुपुत्र हैं। हरिवंश राय बच्चन ने इलाहाबाद विश्वविद्यालय में अध्यापन किया। बाद में भारत सरकार के विदेश मंत्रालय में हिन्दी विशेषज्ञ रहे। अनन्तर राज्य सभा के मनोनीत सदस्य।

बच्चन
के
लोकप्रिय
गीत

हरिवंश राय 'बच्चन'

हिन्द पॉकेट बुक्स
पेंगुइन रैंडम हाउस इम्प्रिंट

हिन्द पॉकेट बुक्स

यूएसए | कनाडा | यूके | आयरलैंड | ऑस्ट्रेलिया | सिंगापुर
न्यू ज़ीलैंड | भारत | दक्षिण अफ्रीका | चीन

हिन्द पॉकेट बुक्स, पेंगुइन रैंडम हाउस ग्रुप ऑफ़ कम्पनीज़ का हिस्सा है,
जिसका पता global.penguinrandomhouse.com पर मिलेगा

पेंगुइन रैंडम हाउस इंडिया प्रा. लि.,
चौथी मंजिल, कैपिटल टावर -1, एम जी रोड,
गुड़गांव 122 002, हरियाणा, भारत

पेंगुइन
रैंडम हाउस
इंडिया

प्रथम हिन्दी संस्करण हिन्द पॉकेट बुक्स द्वारा 2006 में प्रकाशित
यह हिन्दी संस्करण हिन्द पॉकेट बुक्स में पेंगुइन रैंडम हाउस द्वारा 2022 में प्रकाशित

10 9 8 7 6 5 4 3 2

इस पुस्तक में व्यक्त विचार लेखक के अपने हैं, जिनका यथासंभव तथ्यात्मक सत्यापन किया गया है, और इस संबंध में प्रकाशक एवं सहयोगी प्रकाशक किसी भी रूप में उत्तरदायी नहीं हैं।

ISBN 9789353492533

मुद्रकः रेप्रो इंडिया लिमिटेड

www.penguin.co.in

MIX
Paper from responsible sources
FSC www.fsc.org
FSC® C047271

This is a legitimate digitally printed version of the book and therefore might not have certain extra finishing on the cover.

प्रवेशिका

आज अपने गीतों का एक संकलन आपके आगे प्रस्तुत कर रहा हूं। इसमें मैंने उन्हीं गीतों को चुना है, जो अपने किन्हीं गुणों के कारण लोकप्रिय हो चुके हैं।

गीत भावना-जगत की वाणी है। भावना-जगत भी युग-निरपेक्ष नहीं होता।

जब मनुष्य की भावनाएं तीव्र होती हैं, तब वे उसे सहज ही लयमय कर देती हैं।

शब्दों के माध्यम से यदि उनकी अभिव्यक्ति हुई तो वह स्वाभाविक ही छन्दोबद्ध, संगीतात्मक तथा रागोद्‌बोधक होती है। ऐसी अभिव्यक्ति को गीत की संज्ञा दी जाती है।

गीतों में भावना की तीव्रता और एकता होती है; इसी कारण गीत अपने आकार में लघु होता है; पर उसमें भी वह एक भाव को जगा, उसे विकास तथा गति दे, एक तीव्रतम स्थिति पर पहुंचा देता है।

प्रत्येक गीत की अपनी स्वतन्त्र इकाई होती है। उसे किसी सन्दर्भ की आवश्यकता नहीं होती।

उसकी पहली ही पंक्ति मानव-हृदय की किसी-न-किसी भावना के साथ अपना निकट सम्बन्ध बना लेती है। अच्छे गीत की पहचान

ही यह है कि उसकी प्रतिध्वनि भावक—श्रोता या पाठक—के हृदय से आए।

कुछ गीत शास्त्रीय संगीत में बांधे जा सकते हैं और उन्हें शुद्ध रूप से केवल संगीतज्ञ ही गा सकते हैं। कुछ गीत मात्रा, लय, तुक का सहारा लेकर तरन्नुम के साथ मुखरित किए जा सकते हैं। गीतों में शब्द और अर्थ का भी, अपना आन्तरिक संगीत भी इतना होता है कि उन्हें सस्वर पढ़ा जाए तो भी उनका आनन्द लिया जा सकता है। गीत शब्द के अर्थ ही हैं, गाया हुआ।

सभी पाठकों से संगीतज्ञ होने की प्रत्याशा नहीं की जा सकती। मैं चाहूंगा कि जो भी उन्हें गा सकें गाएं; न गा सकें तो कम-से-कम सस्वर पढ़ें। ध्वनि और अर्थ दोनों मिलकर ही गीत के लक्ष्य को पूरा करते हैं—भावक में सर्जक की भावना को उद्‌बुद्ध करना।

इन गीतों के प्रति आपकी प्रतिक्रिया जानकर प्रसन्नता होगी।

—बच्चन

क्रम

आत्म-परिचय

1

मैं जग-जीवन का भार लिये फिरता हूं,
फिर भी जीवन में प्यार लिये फिरता हूं;

कर दिया किसी ने झंकृत जिनको छूकर,
मैं सांसों के दो तार लिये फिरता हूं!

2

मैं स्नेह-सुरा का पान किया करता हूं,
मैं कभी न जग का ध्यान किया करता हूं,

जग पूछ रहा उनको, जो जग की गाते,
मैं अपने मन का गान किया करता हूं!

3

मैं निज उर के उद्गार लिये फिरता हूं;
मैं निज उर के उपहार लिये फिरता हूं;

है यह अपूर्ण संसार न मुझको भाता,
मैं स्वप्नों का संसार लिये फिरता हूं!

4

मैं जला हृदय में अग्नि, दहा करता हूं;
सुख-दुख दोनों में मग्न रहा करता हूं;

जग भव-सागर तरने को नाव बनाए,
मैं मन-मौजों पर मस्त बहा करता हूं!

5

मैं यौवन का उन्माद लिये फिरता हूं,
उन्मादों में अवसाद लिये फिरता हूं,

जो मुझको बाहर हंसा, रुलाती भीतर,
मैं, हाय, किसी की याद लिये फिरता हूं!

6

कर यत्न मिटे सब, सत्य किसी ने जाना?
नादान वहीं है, हाय, जहां पर दाना!

फिर मूढ़ न क्या जग, जो इस पर भी सीखे?
मैं सीख रहा हूं, सीखा ज्ञान भुलाना!

7

मैं और, और जग और, कहां का नाता,
मैं बना-बना कितने जग रोज़ मिटाता;

जग जिस पृथ्वी पर जोड़ा करता वैभव,
मैं प्रति पग से उस पृथ्वी को ठुकराता!

8

मैं निज रोदन में राग लिये फिरता हूं,
शीतल वाणी में आग लिये फिरता हूं;

हों जिस पर भूपों के प्रासाद निछावर,
मैं वह खंडहर का भाग लिये फिरता हूं!

9

मैं रोया, इसको तुम कहते हो गाना,
मैं फूट पड़ा, तुम कहते छन्द बनाना;

क्यों कवि कहकर संसार मुझे अपनाए,
मैं दुनिया का हूं एक नया दीवाना!

10

मैं दीवानों का वेश लिये फिरता हूं,
मैं मादकता निःशेष लिये फिरता हूं;

जिसको सुनकर जग झूम झुके लहराए,
मैं मस्ती का सन्देश लिये फिरता हूं!

प्याला

1

मिट्टी का तन, मस्ती का मन,
क्षण-भर जीवन—मेरा परिचय!

कल काल-रात्रि के अन्धकार
में थी मेरी सत्ता विलीन,
इस मूर्तिमान जग में महान
था मैं विलुप्त कल रूप-हीन,

कल मादकता की भरी नींद
थी जड़ता से ले रही होड़,

किन सरस करों का परस आज
करता जाग्रत जीवन नवीन?

मिट्टी से मधु का पात्र बनूं—
किस कुम्भकार का यह निश्चय?

मिट्टी का तन, मस्ती का मन,
क्षण-भर जीवन—मेरा परिचय!

2

भ्रम भूमि रही थी जन्म-काल,
था भ्रमित हो रहा आसमान,
उस कलावान का कुछ रहस्य
होता फिर कैसे भासमान।

जब खुली आंख, तब हुआ
ज्ञात, थिर है सब मेरे आसपास;

समझा था सबको भ्रमित, किन्तु
भ्रम स्वयं रहा था मैं अजान।

भ्रम से ही जो उत्पन्न हुआ,
क्या ज्ञान करेगा वह संचय।

मिट्टी का तन, मस्ती का मन,
क्षण-भर जीवन—मेरा परिचय!

3

जो रस लेकर आया भू पर
जीवन-आतप ले गया छीन,
खो गया पूर्व गुण, रंग, रूप
हो जग की ज्वाला के अधीन;

मैं चिल्लाया, 'क्यों ले मेरी
मृदुता करतीं मुझको कठोर?'

लपटें बोलीं, 'चुप, बजा-ठोंक
लेगी तुझको जगती प्रवीण।'

यह, लो, मीना बाज़ार लगा,
होता है मेरा क्रय-विक्रय।

मिट्टी का तन, मस्ती का मन,
क्षण-भर जीवन—मेरा परिचय!

4

मुझको न सके ले धन-कुबेर,
दिखलाकर अपना ठाट-बाट,
मुझको न सके ले नृपति मोल
दे माल-ख़ज़ाना, राज-पाट,

अमरों ने अमृत दिखलाया,
दिखलाया अपना अमर लोक,

ठुकराया मैंने दोनों को
रखकर अपना उन्नत ललाट;

बिक, मगर, गया मैं मोल बिना
जब आया मानव सरस-हृदय।

मिट्टी का तन, मस्ती का मन,
क्षण-भर जीवन—मेरा परिचय!

5

बस एक बार पूछा जाता,
यदि अमृत से पड़ता पाला;
यदि पात्र हलाहल का बनता,
बस एक बार जाता ढाला;

चिर जीवन औ' चिर मृत्यु जहां,
लघु जीवन की चिर प्यास कहां;

जो फिर-फिर होंठों तक जाता
वह तो बस मदिरा का प्याला;

मेरा घर है अरमानों से
परिपूर्ण जगत का मदिरालय।

मिट्टी का तन, मस्ती का मन,
क्षण-भर जीवन—मेरा परिचय!

6

मैं सुखी सुराही का साथी,
सहचर मधुबाला का ललाम;
अपने मानस की मस्ती से
उफनाया करता आठ याम;

कल क्रूर काल के गालों में
जाना होगा—इस कारण ही

कुछ और बढ़ा दी है मैंने
अपने जीवन की धूमधाम;

इन मेरी उल्टी चालों पर
संसार खड़ा करता विस्मय।

मिट्टी का तन, मस्ती का मन
क्षण-भर जीवन—मेरा परिचय!

7

मेरे पथ में आ-आकर के
तू पूछ रहा है बार-बार,
'क्यों तू दुनिया के लोगों में
करता है मदिरा का प्रचार!'

मैं वाद-विवाद करूं तुझसे
अवकाश कहां इतना मुझको,

'आनन्द करो'—यह व्यंग्य-भरी
है किसी दग्ध-उर की पुकार;

कुछ आग बुझाने को पीते
ये भी, कर मत इन पर संशय।

मिट्टी का तन, मस्ती का मन,
क्षण-भर जीवन—मेरा परिचय!

8

मैं देख चुका जा मस्जिद में
झुक-झुक मोमिन पढ़ते नमाज़,
पर अपनी इस मधुशाला में
पीता दीवानों का समाज;

वह पुण्य कृत्य, यह पाप कर्म,
कह भी दूं, तो दूं क्या सबूत;

कब कंचन मस्जिद पर बरसा,
कब मदिरालय पर गिरी गाज?

यह चिर अनादि से प्रश्न उठा,
मैं आज करूंगा क्या निर्णय।

मिट्टी का तन, मस्ती का मन,
क्षण-भर जीवन—मेरा परिचय!

9

सुनकर आया हूं मन्दिर में
रटते हरिजन थे राम-राम,
पर अपनी इस मधुशाला में
जपते मतवाले जाम-जाम;

पंडित मदिरालय से रूठा,
मैं कैसे मन्दिर से रूठूं,

मैं फ़र्क़ बाहरी क्या देखूं;
मुझको मस्ती से महज़ काम।

भय-भ्रान्ति-भरे जग में दोनों
मन को बहलाने के अभिनय।

मिट्टी का तन, मस्ती का मन,
क्षण-भर जीवन—मेरा परिचय!

10

संसृति की नाटकशाला में
है पड़ा तुझे बनना ज्ञानी,
है पड़ा तुझे बनना प्याला,
होना मदिरा का अभिमानी;

संघर्ष यहां किसका किससे,
यह तो सब खेल-तमाशा है,

वह देख, यवनिका गिरती है,
समझा, कुछ अपनी नादानी!

छिप जाएंगे हम दोनों ही
लेकर अपने-अपने आशय।

मिट्टी का तन, मस्ती का मन,
क्षण-भर जीवन—मेरा परिचय!

11

पल में मृत पीनेवाले के
कर से गिर भू पर आऊंगा,
जिस मिट्टी से था मैं निर्मित
उस मिट्टी में मिल जाऊंगा;

अधिकार नहीं जिन बातों पर,
उन बातों की चिन्ता करके

अब तक जग ने क्या पाया है,
मैं कर चर्चा, क्या पाऊंगा?

मुझको अपना ही जन्म-निधन
है सृष्टि प्रथम, है अन्तिम लय।

मिट्टी का तन, मस्ती का मन,
क्षण-भर जीवन—मेरा परिचय!

कवि की वासना

कह रहा जग वासनामय
हो रहा उद्गार मेरा!

1

सृष्टि के प्रारम्भ में
मैंने उषा के गाल चूमे,
बाल रवि के भाग्यवाले
दीप्त भाल विशाल चूमे,

प्रथम सन्ध्या के अरुण दृग
चूमकर मैंने सुलाए,

तारिका-कलि से सुसज्जित
नव निशा के बाल चूमे,

वायु के रसमय अधर
पहले सके छू होंठ मेरे,
मृत्तिका की पुतलियों से
आज क्या अभिसार मेरा!

कह रहा जग वासनामय
हो रहा उद्गार मेरा!

2

विगत-बाल्य वसुन्धरा के
उच्च तुंग-उरोज उभरे,

तरु उगे हरिताभ पट धर
काम के ध्वज मत्त फहरे,

चपल उच्छृंखल करों ने
जो किया उत्पात उस दिन,

है हथेली पर लिखा वह,
पढ़ भले ही विश्व हहरे;

प्यास वारिधि से बुझाकर
भी रहा अतृप्त हूं मैं,
कामिनी के कुच-कलश से
आज कैसा प्यार मेरा!
कह रहा जग वासनामय
हो रहा उद्गार मेरा!

3

इन्द्रधनु पर शीश धरकर
बादलों की सेज सुख पर
सो चुका हूं नींद भर मैं
चंचला को बाहु में भर,

दीप रवि-शशि-तारकों ने
बाहरी कुछ केलि देखी,

देख, पर, पाया न कोई
स्वप्न वे सुकुमार सुन्दर

जो पलक पर कर निछावर
थी गई मधु यामिनी वह;
यह समाधि बनी हुई है,
यह न शयनागार मेरा!
कह रहा जग वासनामय
हो रहा उद्गार मेरा!

4

आज मिट्टी से घिरा हूं
पर उमंगें हैं पुरानी,
सोमरस जो पी चुका है
आज उसके हाथ पानी,

होंठ प्यालों पर झुके तो
थे विवश इसके लिए वे,

प्यास का व्रत धार बैठा
आज है मन, किन्तु मानी;

मैं नहीं हूं देह-धर्मों से
बंधा, जग, जान ले तू,
तन विकृत हो जाय लेकिन
मन सदा अविकार मेरा!
कह रहा जग वासनामय
हो रहा उद्गार मेरा!

5

निष्परिश्रम छोड़ जिनको
मोह लेता विश्व भर को,
मानवों को, सुर-असुर को,
वृद्ध ब्रह्मा, विष्णु, हर को,

भंग कर देता तपस्या
सिद्ध, ऋषि, मुनि सत्तमों की,

वे सुमन के ही बाण मैंने
ही दिए थे पंचशर को;

शक्ति रख कुछ पास अपने
ही दिया यह दान मैंने,
जीत पाएगा इन्हीं से
आज क्या मन मार मेरा!
कह रहा जग वासनामय
हो रहा उद्गार मेरा!

6

प्राण प्राणों से सकें मिल
किस तरह, दीवार है तन,
काल है घड़ियां न गिनता,
बेड़ियों का शब्द झन-झन

वेद-लोकाचार प्रहरी
ताकते हर चाल मेरी,

बद्ध इस वातावरण में
क्या करे अभिलाष यौवन!

अल्पतम इच्छा यहां,
मेरी बनी बन्दी पड़ी है,
विश्व क्रीड़ास्थल नहीं रे
विश्व कारागार मेरा!

कह रहा जग वासनामय
हो रहा उद्गार मेरा!

7

थी तृषा जब शीत जल की
खा लिये अंगार मैंने,
चीथड़ों से उस दिवस था
कर लिया शृंगार मैंने

राजसी पट पहनने की
जब हुई इच्छा प्रबल थी,

चाह-संचय में लुटाया
था भरा भंडार मैंने;

वासना जब तीव्रतम थी
बन गया था संयमी मैं,
है रही मेरी क्षुधा ही
सर्वदा आहार मेरा!

कह रहा जग वासनामय
हो रहा उद्गार मेरा!

8

कल छिड़ी, होगी ख़तम कल
प्रेम की मेरी कहानी,
कौन हूं मैं, जो रहेगी
विश्व में मेरी निशानी?

क्या किया मैंने नहीं जो
कर चुका संसार अब तक?

वृद्ध जग को क्यों अखरती
है क्षणिक मेरी जवानी?

मैं छिपाना जानता तो
जग मुझे साधू समझता,
शत्रु मेरा बन गया है
छल-रहित व्यवहार मेरा!
कह रहा जग वासनामय
हो रहा उद्गार मेरा!

तुम तूफ़ान समझ पाओगे

तुम तूफ़ान समझ पाओगे?

गीले बादल, पीले रजकण,
सूखे पत्ते, रूखे तृण घन
लेकर चलता करता 'हरहर'—इसका गान समझ पाओगे?
तुम तूफ़ान समझ पाओगे?

गन्ध-भरा यह मन्द पवन था,
लहराता इससे मधुवन था,
सहसा इसका टूट गया जो स्वप्न महान, समझ पाओगे?
तुम तूफ़ान समझ पाओगे?

तोड़-मरोड़ विटप-लतिकाएं,
नोच-खसोट कुसुम-कलिकाएं,
जाता है अज्ञात दिशा को! हटो विहंगम, उड़ जाओगे!
तुम तूफ़ान समझ पाओगे?

कहते हैं, तारे गाते हैं

कहते हैं, तारे गाते हैं!

सन्नाटा वसुधा पर छाया,
नभ में हमने कान लगाया.
फिर भी अगणित कंठों का यह राग नहीं हम सुन पाते हैं!
कहते हैं, तारे गाते हैं!

स्वर्ग सुना करता यह गाना,
पृथ्वी ने तो बस यह जाना,
अगणित ओस-कणों में तारों के नीरव आंसू आते हैं!
कहते हैं, तारे गाते हैं!

ऊपर देव, तले मानवगण,
नभ में दोनों गायन-रोदन,
राग सदा ऊपर को उठता, आंसू नीचे झर जाते हैं!
कहते हैं, तारे गाते हैं!

साथी, सो न, कर कुछ बात

साथी, सो न, कर कुछ बात!

बोलते उडुगण परस्पर,
तरु दलों में मन्द 'मरमर',
बात करतीं सरि-लहरियां कूल से जल-स्नात!
साथी, सो न, कर कुछ बात!

बात करते सो गया तू,
स्वप्न में फिर खो गया तू,
रह गया मैं और आधी बात, आधी रात!
साथी, सो न, कर कुछ बात!

पूर्ण कर दे वह कहानी,
जो शुरू की थी सुनानी,
आदि जिसका हर निशा में, अन्त चिर अज्ञात!
साथी, सो न, कर कुछ बात!

यह पपीहे की रटन है

यह पपीहे की रटन है!

बादलों की घिर घटाएं
भूमि की लेतीं बलाएं,
खोल दिल देतीं दुआएं—देख किस उर में जलन है?
यह पपीहे की रटन है!

जो बहा दे, नीर आया,
आग का फिर तीर आया,
वज्र भी बेपीर आया—कब रुका इसका वचन है?
यह पपीहे की रटन है!

यह न पानी से बुझेगी,
यह न पत्थर से दबेगी,
यह न शोलों से डरेगी, यह वियोगी की लगन है!
यह पपीहे की रटन है!

आज मुझसे बोल, बादल

आज मुझसे बोल, बादल!

तम-भरा तू, तम-भरा मैं,
ग़म-भरा तू, ग़म-भरा मैं,
आज तू अपने हृदय से हृदय मेरा तोल, बादल!
आज मुझसे बोल, बादल!

आग तुझमें, आग मुझमें,
राग तुझमें, राग मुझमें,
आ मिलें हम आज अपने द्वार उर के खोल, बादल!
आज मुझसे बोल, बादल!

भेद यह मत देख दो पल—
क्षार जल मैं, तू मधुर जल,
व्यर्थ मेरे अश्रु, तेरी बूंद है अनमोल, बादल!
आज मुझसे बोल, बादल!

आज मुझसे दूर दुनिया

आज मुझसे दूर दुनिया!

भावनाओं से विनिर्मित,
कल्पनाओं से सुसज्जित,
कर चुकी मेरे हृदय का स्वप्न चकनाचूर दुनिया!
आज मुझसे दूर दुनिया!

'बात पिछली भूल जाओ,
दूसरी नगरी बसाओ'—
प्रेमियों के प्रति रही है, हाय, कितनी क्रूर दुनिया!
आज मुझसे दूर दुनिया!

वह समझ मुझको न पाती,
और मेरा दिल जलाती,
है चिता की राख कर में मांगती सिन्दूर दुनिया!
आज मुझसे दूर दुनिया!

मधुप, नहीं अब मधुवन तेरा

मधुप, नहीं अब मधुवन तेरा!

तेरे साथ खिलीं जो कलियां,
रूप-रंगमय कुसुमावलियां,
वे कबकी धरती में सोईं होगा उनका फिर न सवेरा!
मधुप, नहीं अब मधुवन तेरा!

नूतन मुकुलित कलिकाओं पर,
उपवन की नव आशाओं पर
नहीं सोहता, पागल, तेरा दुर्बल-दीन-अमंगल फेरा!
मधुप, नहीं अब मधुवन तेरा!

जहां प्यार बरसा था तुझ पर,
वहां दया की भिक्षा लेकर
जीने की लज्जा को कैसे सहता है, मानी, मन तेरा!
मधुप, नहीं अब मधुवन तेरा!

आओ, हम पथ से हट जाएं

आओ, हम पथ से हट जाएं!

युवती और युवक मदमाते
उत्सव आज मनाने आते,
लिये नयन में स्वप्न, वचन में हर्ष, हृदय में अभिलाषाएं!
आओ, हम पथ से हट जाएं!

इनकी इन मधुमय घड़ियों में,
हास-लास की फुलझड़ियों में,
हम न अमंगल शब्द निकालें, हम न अमंगल अश्रु बहाएं!
आओ, हम पथ से हट जाएं!

यदि इनका सुख सपना टूटे,
काल इन्हें भी हम-सा लूटे,
धैर्य बंधाएं इनके उर को हम पथिकों की किरण कथाएं!
आओ, हम पथ से हट जाएं!

प्रेयसि, याद है वह गीत

प्रेयसि, याद है वह गीत?

गोद में तुझको लेटाकर,
कंठ में उन्मत्त स्वर भर,
गा जिसे मैंने लिया था स्वर्ग का सुख जीत!
प्रेयसि, याद है वह गीत?

है न जाने तू कहां पर,
कंठ सूखा, क्षीणतर स्वर,
सुन जिसे मैं आज हो उठता स्वयं भयभीत!
प्रेयसि, याद है वह गीत?

तू न सुनने को रही जब,
राग भी जब वह गया दब,
तब न मेरी ज़िन्दगी के दिन गए क्यों बीत!
प्रेयसि, याद है वह गीत?

कोई नहीं, कोई नहीं

कोई नहीं, कोई नहीं!

यह भूमि है हाला-भरी,
मधुपात्र - मधुबाला - भरी,
ऐसा बुझा जो पा सके मेरे हृदय की प्यास को—
कोई नहीं, कोई नहीं!

सुनता, समझता है गगन,
वन के विहंगों के वचन,
ऐसा समझ जो पा सके मेरे हृदय-उच्छ्वास को—
कोई नहीं, कोई नहीं!

मधुऋतु समीरण चल पड़ा,
वन ले नए पल्लव खड़ा,
ऐसा फिरा जो ला सके मेरे गए विश्वास को—
कोई नहीं, कोई नहीं!

मैं जीवन में कुछ कर न सका

मैं जीवन में कुछ कर न सका!

जग में अंधियारा छाया था,
मैं ज्वाला लेकर आया था,
मैंने जलकर दी आयु बिता, पर जगती का तम हर न सका!
मैं जीवन में कुछ कर न सका!

अपनी ही आग बुझा लेता,
तो जी को धैर्य बंधा देता,
मधु का सागर लहराता था, लघु प्याला भी मैं भर न सका!
मैं जीवन में कुछ कर न सका!

बीता अवसर क्या आएगा,
मन जीवन भर पछताएगा,
मरना तो होगा ही मुझको जब मरना था तब मर न सका!
मैं जीवन में कुछ कर न सका!

किस ओर मैं? किस ओर मैं?

किस ओर मैं? किस ओर मैं?

है एक ओर असित निशा,
है एक ओर अरुण दिशा,
पर आज स्वप्नों में फंसा, यह भी नहीं मैं जानता—
किस ओर मैं? किस ओर मैं?

है एक ओर अगम्य जल,
है एक ओर सुरम्य थल,
पर आज लहरों से ग्रसा, यह भी नहीं मैं जानता—
किस ओर मैं? किस ओर मैं?

है हार एक तरफ़ पड़ी,
है जीत एक तरफ़ खड़ी,
संघर्ष-जीवन में धंसा यह भी नहीं मैं जानता—
किस ओर मैं? किस ओर मैं?

तब रोक न पाया मैं आंसू

तब रोक न पाया मैं आंसू!

जिसके पीछे पागल होकर
मैं दौड़ा अपने जीवन-भर,
जब मृगजल में परिवर्तित हो मुझ पर मेरा अरमान हंसा!
तब रोक न पाया मैं आंसू!

जिसमें अपने प्राणों को भर
कर देना चाहा अजर-अमर,
जब विस्मृति के पीछे छिपकर मुझ पर वह मेरा गान हंसा!
तब रोक न पाया मैं आंसू!

मेरे पूजन-आराधन को,
मेरे सम्पूर्ण समर्पण में
जब मेरी कमज़ोरी कहकर मेरा पूजित पाषाण हंसा!
तब रोक न पाया मैं आंसू!

मिट्टी दीन कितनी, हाय!

मिट्टी दीन कितनी, हाय!

हृदय की ज्वाला जलाती,
अश्रु की धारा बहाती,
और उर-उच्छ्वास में यह कांपती निरुपाय!
मिट्टी दीन कितनी, हाय!

शून्यता एकान्त मन की,
शून्यता जैसे गगन की,
थाह पाती है न इसका मृत्तिका असहाय!
मिट्टी दीन कितनी, हाय!

वह किसे दोषी बनाए,
और किसको दुख सुनाए,
जब कि मिट्टी साथ मिट्टी के करे अन्याय!
मिट्टी दीन कितनी, हाय!

त्राहि, त्राहि कर उठता जीवन

त्राहि, त्राहि कर उठता जीवन!

जब रजनी के सूने क्षण में,
तन-मन के एकाकीपन में
कवि अपनी विह्वल वाणी से अपना व्याकुल मन बहलाता,
त्राहि, त्राहि कर उठता जीवन!

जब उर की पीड़ा से रोकर,
फिर कुछ सोच-समझ चुप होकर
विरही अपने ही हाथों से अपने आंसू पोंछ हटाता,
त्राहि, त्राहि कर उठता जीवन!

पन्थी चलते-चलते थक कर
बैठ किसी पथ के पत्थर पर
जब अपने ही थकित करों से अपना विथकित पांव दबाता,
त्राहि, त्राहि कर उठता जीवन!

अग्नि पथ! अग्निपथ! अग्नि पथ!

अग्नि पथ! अग्नि पथ! अग्नि पथ!

वृक्ष हों भले खड़े,
हों घने, हों बड़े,
एक पत्र-छांह भी मांग मत, मांग मत, मांग मत!
अग्नि पथ! अग्नि पथ! अग्नि पथ!

तू न थकेगा कभी!
तू न थमेगा कभी!
तू न मुड़ेगा कभी!—कर शपथ, कर शपथ, कर शपथ!
अग्नि पथ! अग्नि पथ! अग्नि पथ!

यह महान दृश्य है—
चल रहा मनुष्य है
अश्रु-स्वेद-रक्त से लथपथ, लथपथ, लथपथ!
अग्नि पथ! अग्नि पथ! अग्नि पथ!

अग्नि देश से आता हूं मैं

अग्नि देश से आता हूं मैं!

झुलस गया तन, झुलस गया मन,
झुलस गया कवि-कोमल जीवन,
किन्तु अग्नि वीणा पर अपने दग्ध कंठ से गाता हूं मैं!
अग्नि देश से आता हूं मैं!

स्वर्ण शुद्ध कर लाया जग में,
उसे लुटाता आया मग में,
दीनों का मैं वेश किए, पर दीन नहीं हूं, दाता हूं मैं!
अग्नि देश से आता हूं मैं!

तुमने अपने कर फैलाए,
लेकिन देर बड़ी कर आए,
कंचन तो लुट चुका, पथिक, अब लूटो राख लुटाता हूं मैं!
अग्नि देश से आता हूं मैं!

लहर सागर का नहीं शृंगार

लहर सागर का नहीं शृंगार,
उसकी विकलता है;
अनिल अम्बर का नहीं खिलवार,
उसकी विकलता है;
विविध रूपों में हुआ साकार,
रंगों में सुरंजित,
मृत्तिका का यह नहीं संसार,
उसकी विकलता है।

गन्ध कलिका का नहीं उद्गार,
उसकी विकलता है;
फूल मधुवन का नहीं गलहार,
उसकी विकलता है;
कोकिला का कौन सा व्यवहार,
ऋतुपति को न भाया?
कूक कोयल की नहीं मनुहार,
उसकी विकलता है।

गान गायक का नहीं व्यापार,
उसकी विकलता है;

राग वीणा की नहीं झंकार,
उसकी विकलता है;
भावनाओं का मधुर आधार
सांसों से विनिर्मित,
गीत कवि-उर का नहीं उपहार,
उसकी विकलता है।

कैसे भेंट तुम्हारी ले लूं

कैसे भेंट तुम्हारी ले लूं?
क्या तुम लाई हो चितवन में,
क्या तुम लाई हो चुम्बन में,
अपने कर में क्या तुम लाईं,
क्या तुम लाईं अपने मन में,
क्या तुम नूतन लाईं जो मैं
फिर से बन्धन झेलूं?
कैसे भेंट तुम्हारी ले लूं?

अश्रु पुराने, आह पुरानी,
युग बांहों की चाह पुरानी,
उथले मन की थाह पुरानी,
वही प्रणय की राह पुरानी,
अर्घ्य प्रणय का कैसे अपनी

अन्तर्ज्वाला में लूं?
कैसे भेंट तुम्हारी ले लूं?
खेल चुका मिट्टी के घर से,
खेल चुका मैं सिन्धु लहर से,
नभ के सूनेपन से खेला,

खेला झंझा के झर-झर से;
तुम में आग नहीं है तब क्या
संग तुम्हारे खेलूं?
कैसे भेंट तुम्हारी ले लूं?

क्या है मेरी बारी में

क्या है मेरी बारी में।
जिसे सींचना था मधुजल से
सींचा खारे पानी से,
नहीं उपजता कुछ भी ऐसी
विधि से जीवन-क्यारी में।
क्या है मेरी बारी में।

आंसू-जल से सींच-सींचकर
बेलि विवश हो बोता हूं,
स्रष्टा का क्या अर्थ छिपा है
मेरी इस लाचारी में।
क्या है मेरी बारी में।

टूट पड़े मधुऋतु मधुवन में
कल ही तो क्या मेरा है,
जीवन बीत गया सब मेरा
जीने की तैयारी में।
क्या है मेरी बारी में।

चांद-सितारो, मिलकर गाओ

चांद-सितारो, मिलकर गाओ!

आज अधर से अधर मिले हैं,
आज बांह से बांह मिली,
आज हृदय से हृदय मिले हैं,
मन से मन की चाह मिली;

चांद-सितारो, मिलकर गाओ!

चांद-सितारो मिलकर बोले,

कितनी बार गगन के नीचे
प्रणय-मिलन व्यापार हुआ है,
कितनी बार धरा पर प्रेयसि-
प्रियतम का अभिसार हुआ है!

चांद-सितारो मिलकर बोले ।

चांद-सितारो मिलकर रोओ!

आज अधर से अधर अलग है,
आज बांह से बांह अलग,
आज हृदय से हृदय अलग है,
मन से मन की चाह अलग;

चांद-सितारो, मिलकर रोओ!

चांद-सितारे मिलकर बोले,

कितनी बार गगन के नीचे
अटल प्रणय के बन्धन टूटे,
कितनी बार धरा के ऊपर
प्रेयसि-प्रियतम के प्रण टूटे!

चांद-सितारो, मिलकर बोले।

क्या करूं संवेदना लेकर तुम्हारी

क्या करूं संवेदना लेकर तुम्हारी?
क्या करूं?

मैं दुखी जब-जब हुआ
संवेदना तुमने दिखाई,
मैं कृतज्ञ हुआ हमेशा,
रीति दोनों ने निभाई,
किन्तु इस आभार का अब
हो उठा है बोझ भारी;
क्या करूं संवेदना लेकर तुम्हारी ?
क्या करूं?

एक भी उच्छ्वास मेरा
हो सका किस दिन तुम्हारा?
उस नयन से बह सकी कब
इस नयन की अश्रु-धारा?
सत्य को मूंदे रहेगी
शब्द की कब तक पिटारी?
क्या करूं संवेदना लेकर तुम्हारी ?
क्या करूं?

कौन है जो दूसरों को
दुःख अपना दे सकेगा?
कौन है जो दूसरे से
दुःख उसका ले सकेगा?
क्यों हमारे बीच धोखे
का रहे व्यापार जारी?
क्या करूं संवेदना लेकर तुम्हारी?
क्या करूं?

क्यों न हम लें मान, हम हैं
चल रहे ऐसी डगर पर,
हर पथिक जिस पर अकेला,
दुख नहीं बंटते परस्पर,
दूसरों की वेदना में
वेदना जो है दिखाता,
वेदना से मुक्ति का निज
हर्ष केवल वह छिपाता;
तुम दुखी हो तो सुखी मैं।
विश्व का अभिशाप भारी
क्या करूं संवेदना लेकर तुम्हारी?
क्या करूं?

जुगनू

1

अंधेरी रात में दीपक
जलाए कौन बैठा है?

उठी ऐसी घटा नभ में
छिपे सब चांद औ' तारे,
उठा तूफ़ान वह नभ में
गए बुझ दीप भी सारे;

मगर इस रात में भी लौ
लगाए कौन बैठा है?
अंधेरी रात में दीपक
जलाए कौन बैठा है?

2

गगन में गर्व से उठ-उठ,
गगन में गर्व से घिर-घिर,
गरज कहती घटाएं हैं,
नहीं होगा उजाला फिर;

मगर चिर ज्योति में निष्ठा
जमाए कौन बैठा है?
अंधेरी रात में दीपक
जलाए कौन बैठा है?

3

तिमिर के राज का ऐसा
कठिन आतंक छाया है,
उठा जो शीश सकते थे
उन्होंने सिर झुकाया है;

मगर विद्रोह की ज्वाला
जलाए कौन बैठा है?
अंधेरी रात में दीपक
जलाए कौन बैठा है?

4

प्रलय का सब समां बांधे
प्रलय की रात है छाई,
विनाशक शक्तियों की इस
तिमिर के बीच बन आई;

मगर निर्माण में आशा
दृढ़ाए कौन बैठा है?

अंधेरी रात में दीपक
जलाए कौन बैठा है?

5

प्रभंजन, मेघ, दामिनि ने
न क्या तोड़ा, न क्या फोड़ा,
धरा के और नभ के बीच
कुछ साबित नहीं छोड़ा;

मगर विश्वास को अपने
बचाए कौन बैठा है?
अंधेरी रात में दीपक
जलाए कौन बैठा है?

6

प्रलय की रात में सोचे
प्रणय की बात क्या कोई,
मगर पड़ प्रेम बन्धन में
समझ किसने नहीं खोई,

किसी के पन्थ में पलकें
बिछाए कौन बैठा है?
अंधेरी रात में दीपक
जलाए कौन बैठा है?

मयूरी

1

मयूरी,
नाच, मगन-मन नाच!
गगन में सावन घन छाए,
न क्यों सुधि साजन की आए;
मयूरी, आंगन-आंगन नाच!
मयूरी,
नाच, मगन-मन नाच!

2

धरणि पर छाई हरियाली,
सजी कलि-कुसुमों से डाली;
मयूरी, मधुवन, मधुवन नाच!
मयूरी,
नाच, मगन-मन नाच!

3

समीरण सौरभ सरसाता,
घुमड़ घन मधुकण बरसाता;
मयूरी, नाच मदिर-मन नाच!
मयूरी,
नाच, मगन-मन नाच!

4

निछावर इन्द्रधनुष तुझ पर,
निछावर, प्रकृति, पुरुष तुझ पर,
मयूरी, उन्मन-उन्मन नाच!
मयूरी, छूम-छनाछन नाच!
मयूरी, नाच मगन-मन नाच!

मुझे पुकार लो

इसीलिए खड़ा रहा
कि तुम मुझे पुकार लो!

1

ज़मीन है न बोलती
न आसमान बोलता,
जहान देखकर मुझे
नहीं ज़बान खोलता,

नहीं जगह कहीं जहां
न अजनबी गिना गया,

कहां-कहां न फिर चुका
दिमाग़-दिल टटोलता,

कहां मनुष्य है कि जो
उमीद छोड़कर जिया,
इसीलिए अड़ा रहा
कि तुम मुझे पुकार लो!

इसीलिए खड़ा रहा
कि तुम मुझे पुकार लो!

2

तिमिर-समुद्र कर सकी
न पार नेत्र की तरी,
विनष्ट स्वप्न से लदी,
विषाद याद से भरी,

न कूल भूमि का मिला,
न कोर भोर की मिली,

न कट सकी, न घट सकी
विरह-घिरी विभावरी,

कहां मनुष्य है जिसे
कमी खली न प्यार की,
इसीलिए खड़ा रहा
कि तुम मुझे दुलार लो!

इसीलिए खड़ा रहा
कि तुम मुझे पुकार लो!

3

उजाड़ से लगा चुका
उमीद मैं बहार की,
निदाघ से उमीद की,
बसन्त के बयार की,

मरुस्थली मरीचिका
सुधामयी मुझे लगी,

अंगार से लगा चुका
उमीद मैं तुषार की,

कहां मनुष्य है जिसे
न भूल शूल-सी गड़ी,
इसीलिए खड़ा रहा
कि भूल तुम सुधार लो!

इसीलिए खड़ा रहा कि तुम मुझे पुकार लो!
पुकारकर दुलार लो, दुलारकर सुधार लो!

तुम गा दो

1

तुम गा दो, मेरा गान अमर हो जाए!

मेरे वर्ण-वर्ण विशृंखल,
चरण-चरण भरमाए,
गूंज-गूंजकर मिटनेवाले
मैंने गीत बनाए;

कूक हो गई हूक गगन की
कोकिल के कंठों पर,

तुम गा दो, मेरा गान अमर हो जाए!

2

जब-जब जग ने कर फैलाए,
मैंने कोष लुटाया,
रंक हुआ मैं निज निधि खोकर
जगती ने क्या पाया!

भेंट न जिसमें मैं कुछ खोऊं
पर तुम सब कुछ पाओ,

तुम ले लो, मेरा दान अमर हो जाए!
तुम गा दो, मेरा गान अमर हो जाए!

3

सुन्दर और असुन्दर जग में
मैंने क्या न सराहा,
इतनी ममतामय दुनिया में
मैं केवल अनचाहा;

देखूं अब किसकी रुकती है
आ मुझ पर अभिलाषा,

तुम रख लो, मेरा मान अमर हो जाए!
तुम गा दो, मेरा गान अमर हो जाए!

4

दुख से जीवन बीता फिर भी
शेष अभी कुछ रहता,
जीवन की अन्तिम घड़ियों में
भी तुमसे यह कहता,

सुख की एक सांस पर होता
है अमरत्व निछावर,

तुम छू दो, मेरा प्राण अमर हो जाए!
तुम गा दो, मेरा गान अमर हो जाए!

नया वर्ष

वर्ष नव,
हर्ष नव,
जीवन उत्कर्ष नव।
नव उमंग,
नव तरंग,
जीवन का नव प्रसंग।
नवल चाह,
नवल राह,
जीवन का नव प्रवाह।
गीत नवल,
प्रीति नवल,
जीवन की रीति नवल,
जीवन की नीति नवल,
जीवन की जीत नवल!

चांदनी फैली गगन में

चांदनी फैली गगन में, चाह मन में।

दिवस में सबके लिए बस एक जग है,
रात में हर एक की दुनिया अलग है,

कल्पना करने लगी अब राह मन में;
चांदनी फैली गगन में, चाह मन में।

भूमि का उर तप्त करता चन्द्र शीतल,
व्योम की छाती जुड़ाती रश्मि कोमल,

किन्तु भरतीं भावनाएं दाह मन में;
चांदनी फैली गगन में, चाहे मन में।

कुछ अंधेरा, कुछ उजाला, क्या समा है,
कुछ करो, इस चांदनी में सब क्षमा है,

किन्तु बैठा मैं संजोए आह मन में;
चांदनी फैली गगन में, चाह मन में।

चांद निखरा, चन्द्रिका निखरी हुई हैं,
भूमि से आकाश तक बिखरी हुई है,

काश मैं भी यों बिखर सकता भुवन में;
चांदनी फैली गगन में, चाह मन में।

ध्वनि खोजता हूं

मैं प्रतिध्वनि सुन चुका, ध्वनि खोजता हूं।

मौन मुखरित हो गया, जय हो प्रणय की,
पर नहीं परितृप्त है तृष्णा हृदय की,

पा चुका स्वर, आज गायन खोजता हूं!
मैं प्रतिध्वनि सुन चुका, ध्वनि खोजता हूं।

तुम समर्पण बन भुजाओं में पड़ी हो,
उम्र इन उद्भ्रान्त घड़ियों की बड़ी हो,

पा गया तन, आज मैं मन खोजता हूं;
मैं प्रतिध्वनि सुन चुका, ध्वनि खोजता हूं।

है अधर में रस मुझे मदहोश कर दो,
किन्तु मेरे प्राण में सन्तोष भर दो,

मधु मिला है, मैं अमृतकण खोजता हूं;
मैं प्रतिध्वनि सुन चुका, ध्वनि खोजता हूं।

जी उठा मैं, और जीना प्रिय बड़ा है,
सामने, पर, ढेर मुरदों का पड़ा है,

पा गया जीवन, सजीवन खोजता हूं;
मैं प्रतिध्वनि सुन चुका, ध्वनि खोजता हूं।

अभी मत जाओ

1

प्रिय, शेष बहुत है रात अभी मत जाओ।

अरमानों की एक निशा में
होती हैं कै घड़ियां,
आग दबा रक्खी है मैंने
जो छूटीं फुलझड़ियां,

मेरी सीमित भाग्य परिधि को
और करो मत छोटी,
प्रिय, शेष बहुत है रात अभी मत जाओ।

2

अधर पुटों में बन्द अभी तक
थी अधरों की वाणी,
'हां-ना' से मुखरित हो पाई
किसकी प्रणय कहानी,

सिर्फ़ भूमिका थी जो कुछ
संकोच-भरे पल बोले,

प्रिय, शेष बहुत है बात अभी मत जाओ;
प्रिय, शेष बहुत है रात अभी मत जाओ।

3

शिथिल पड़ी है नभ की बांहों
में रजनी की काया,
चांद चांदनी की मदिरा में
है डूबा, भरमाया,

अलि अब तक भूले-भूले-से
रस-भीनी गलियों में,
प्रिय, मौन खड़े जलजात अभी मत जाओ!
प्रिय, शेष बहुत है रात अभी मत जाओ।

4

रात बुझाएगी सच-सपने
की अनबूझ पहेली,
किसी तरह दिन बहलाता है
सबके प्राण, सहेली,

तारों के झंपने तक अपने
मन को दृढ़ कर लूंगा,
प्रिय, दूर बहुत है प्रात अभी मत जाओ;
प्रिय, शेष बहुत है रात अभी मत जाओ।

बसन्त गोद में गड़ी प्रकृति परी

बसन्त-दूत कुंज-कुंज कूकता,
बसन्त-राग कुंज-कुंज फूंकता,
पराग से सजी सुहाग मंजरी;

बसन्त गोद
में लसी
प्रकृति परी!

प्रणय संदेश कुंज-कुंज गूंजता,
प्रणय स्वरूप को सदैव पूजता,
कहां स्वरूपिनी न स्नेह पर ढरी;

बसन्त गोद
में झुकी
प्रकृति परी!

बसन्त-दूत मुग्ध मूक हो गया,
बसन्त-वात गन्ध-मन्द सो गया,
हुई सफल-विनम्र आम्र मंजरी;

बसन्त गोद
में गड़ी
प्रकृति परी!

आज कितनी वासनामय यामिनी है

आज कितनी वासनामय यामिनी है!

दिन गया तो ले गया बातें पुरानी;
याद मुझको अब नहीं रातें पुरानी,

आज ही पहली निशा मनभावनी है;
आज कितनी वासनामय यामिनी है!

घूंट मधु का है, नहीं झोंका पवन का,
कुछ नहीं मन को पता है आज तन का,

रात मेरे स्वप्न की अनुगामिनी है;
आज कितनी वासनामय यामिनी है!

यह कली का हास आता है किधर से,
यह कुसुम का श्वास जाता है किधर से,

हर लता-तरु में प्रणय की रागिनी है;
आज कितनी वासनामय यामिनी है!

दुग्ध-उज्ज्वल मोतियों से युक्त चादर,
जो बिछी नभ के पलंग पर आज उस पर

चांद से लिपटी लजाती चांदनी है;
आज कितनी वासनामय यामिनी है!

हम-तुम भीगें

1

सखि, अखिल प्रकृति की प्यास कि हम-तुम भीगें।

अकस्मात यह बात हुई क्यों
जब हम-तुम मिल पाए,
तभी उठी आंधी अम्बर में
सजल जलद घिर आए,

यह रिमझिम संकेत गगन का
समझो या मत समझो,
सखि, भीग रहा आकाश कि हम-तुम भीगें;
सखि, अखिल प्रकृति की प्यास कि हम-तुम भीगें।

2

इन ठंडे-ठंडे झोंकों से
मैं कांपा, तुम कांपीं,
एक भावना बिजली बनकर
दो हृदयों में व्यापी,

आज उपेक्षित हो न सकेगा
रससमय पवन-संदेसा,

सखि, भीग रही बातास कि हम-तुम भीगें;
सखि, अखिल प्रकृति की प्यास कि हम-तुम भीगें।

3

मधुवन के तरुवर से मिलकर
भीगी लतर सलोनी,
साथ कुसुम के कलिका भीगी,
कौन हुई अनहोनी,

भीग-भीग पी-पीकर चातक
का स्वर कातर भारी,
सखि, भीग रही है रात कि हम-तुम भीगें;
सखि, अखिल प्रकृति की प्यास कि हम-तुम भीगें।

4

इस दूरी की मजबूरी पर
आंसू नयन गिराते,
आज समय तो था अधरों से
हम मधुरस बरसाते,

मेरी गीली सांस तुम्हारी
सांसों को छू आती,
सखि, भीग रहे उच्छ्वास कि हम-तुम भीगें;
सखि, अखिल प्रकृति की प्यास कि हम-तुम भीगें।

पुकारता पपीहरा पि..आ, पि...आ

पुकारता पपीहरा पि...आ, पि...आ,
प्रतिध्वनित निनाद से हिया-हिया;

हरेक प्यार की पुकार में असर,
कहां उठी,
कहां सुनी गई
मगर!

घटा अखंड आसमान में घिरी,
लगी हुई अखंड भूमि पर झरी,

नहा रहा पपीहरा सिहर-सिहर;
अधर - सुधा,
निमग्न हो रहे
अधर!

सुनील मेघहीन हो गया गगन,
बसुन्धरा पड़ी पहन हरित बसन,

पपीहरा लगा रहा वही रटन;
प्रणय तृषा
अतृप्त सर्वदा
अमर!

सो न सकूंगा

सो न सकूंगा और न तुझको सोने दूंगा, हे मन-बीने।

इसीलिए क्या मैंने तुझसे
सांसों के सम्बन्ध बनाए,
मैं रह-रहकर करवट लूं तू
मुख पर डाल केश सो जाए,

रैन अंधेरी, जग जा गोरी,
माफ़ आज की हो बरजोरी
सो न सकूंगा और न तुझको सोने दूंगा, हे मन-बीने।

सेज सजा सब दुनिया सोई
यह तो कोई तर्क नहीं है,
क्या मुझमें-तुझमें, दुनिया में
सच कह दे, कुछ फ़र्क़ नहीं है,

स्वार्थ-प्रपंचों के दुःस्वप्नों
में वह खोई, लेकिन मैं तो
खो न सकूंगा और न तुझको खोने दूंगा, हे मन-बीने ।
सो न सकूंगा और न तुझको सोने दूंगा, हे मन-बीने।

जाग छेड़ दे एक तराना
दूर अभी है भोर, सहेली,
जगहर सुनकर के भी अक्सर
भग जाते हैं चोर, सहेली,

सधी-बदी-सी चुप्पी मारे
जग लेटा लेकिन चुप मैं तो
हो न सकूंगा और न तुझको होने दूंगा, हे मन-बीने।
सो न सकूंगा और न तुझको सोने दूंगा, हे मन-बीने।

गीत चेतना के सिर कलंगी,
गीत खुशी के मुख पर सेहरा,
गीत विजय की कीर्ति पताका,
गीत नींद ग़फ़लत पर पहरा,

पीड़ा का स्वर आंसू लेकिन
पीड़ा की सीमा पर मैं तो
रो न सकूंगा और न तुझको रोने दूंगा, हे मन-बीने।
सो न सकूंगा और न तुझको सोने दूंगा, हे मन-बीने।

तुम्हारे नील झील-से नैन

तुम्हारे नील झील-से नैन,
नीर निर्झर-से लहरे केश।

तुम्हारे तन का रेखाकार
वही कमनीय, कलामय हाथ
कि जिसने रुचिर तुम्हारा देश
रचा गिरि-ताल-माल के साथ,

करों में लतरों का लचकाव,
करतलों में फूलों का वास,
तुम्हारे नील झील-से नैन,
नीर निर्झर-से लहरे केश।

उधर झुकती अरुनारी सांझ,
इधर उठता पूनो का चांद,
सरों, शृंगों, झरनों पर फूट
पड़ा है किरनों का उन्माद,

तुम्हें अपनी बांहों में देख
नहीं कर पाता मैं अनुमान,

प्रकृति में तुम बिम्बित चहुं ओर
कि तुममें बिम्बित प्रकृति अशेष।
तुम्हारे नील झील-से नैन,
नीर निर्झर-से लहरे केश।

जगत है पाने को बेताब
नारि के मन की गहरी थाह—
किए थी चिन्तित औ' बेचैन
मुझे भी कुछ दिन ऐसी चाह—

मगर उसके तन का भी भेद
सका है कोई अब तक जान!
मुझे है अद्भुत एक रहस्य
तुम्हारी हर मुद्रा, हर वेश।
तुम्हारे नील झील-से नैन,
नीर निर्झर-से लहरे केश।

कहा मैंने, मुझको इस ओर
कहां फिर लाती है तक़दीर,
कहां तुम आती हो उस छोर
जहां है गंग-जमुन का तीर;

विहंगम बोला, युग के बाद
भाग से मिलती है अभिलाष;
और...अब उचित यहीं दूं छोड़
कल्पना के ऊपर अवशेष।

तुम्हारे नील झील-से नैन,
नीर निर्झर-से लहरे केश।

मुझे यह मिट्टी अपना जान
किसी दिन कर लेगी लयमान,
तुम्हें भी कलि-कुसुमों के बीच
न कोई पाएगा पहचान,

मगर तब भी यह मेरा छन्द
कि जिसमें एक हुआ है अंग
तुम्हारा औ' मेरा अनुराग
रहेगा गाता मेरा देश
तुम्हारे नील झील-से नैन,
नीर निर्झर-से लहरे केश।

मेरे नयन भरे आते हैं

आज मलार कहीं तुम छेड़े, मेरे नयन भरे आते हैं।

तुमने आह भरी कि मुझे था
झंझा के झोंकों ने घेरा,
तुम मुसकाए थे कि जुन्हाई
में था डूब गया मन मेरा,

तुम जब मौन हुए थे मैंने
सूनेपन का दिल देखा था,
आज मलार कहीं तुम छेड़े, मेरे नयन भरे आते हैं।

तुम हो मेरे कौन? जगत के
सम्मानित नातों की सूची,
ऊपर से नीचे तक मैंने
देखी बार अनेक समूची,

कह न सका कुछ, बतलाए तो
कोई, अस्फुट प्राणों के स्वर
ध्वनित प्रतिध्वनित जो होते हैं, आपस में क्या कहलाते हैं।
आज मलार कहीं तुम छेड़े, मेरे नयन भरे आते हैं।

फूल हंसी के तुमने मुख पर
डाल दिए तो मैं बलिहारी,
गीत कसकते कंठस्थल से
काढ़ लिये तो वारी-वारी,

नीरव घड़ियों की कड़ियों में
उलझा दो तो कैसे निकलूं,
प्रिय, सारे उपहार तुम्हारे मेरा हियरा हुलसाते हैं।
आज मलार कहीं तुम छेड़े, मेरे नयन भरे आते हैं।

हंसता हूं तो उनकी अंजलि
रिक्त नहीं होगी कलियों से,
मुखरित होता तो पथ उनका
सुरभित होगा पंखुरियों से,

पलको, सूख न जाना देखो,
राग न उनका रुकने पाए,
किस मरु को मधुबन करने को आज न जाने वे गाते हैं।
आज मलार कहीं तुम छेड़े, मेरे नयन भरे आते हैं।

मेरा मन वनबास दिया-सा

तन के सौ सुख, सौ सुविधा में मेरा मन वनबास दिया-सा।

राजमहल का पाहुन जैसे
तृण कुटिया वह भूल न पाए।
जिसमें उसने हों बचपन के
नैसर्गिक निशि-दिवस बिताए,

मैं घर की ले याद करकती
भड़कीले साजों में बन्दी,
तन के सौ सुख, सौ सुविधा में मेरा मन वनबास दिया-सा।

सच, ज़ंजीर नहीं है ऐसी
जो चाहूं तो. तोड़ न पाऊं,
पर जब घर की डगर भुला दी,
तब किस दिशि को पांव बढ़ाऊं,

धुंधली-सी आवाज़ बुलाती
ऊपर से, पर पंख कहां हैं,
छलना-सी धरती है मुझको और मुझे अम्बर छलिया-सा
तन के सौ सुख, सौ सुविधा में मेरा मन वनबास दिया-सा

गगन, गगन के ऊपर घन,
घन के ऊपर है, उडगन पांती,
उडगन के ऊपर बसता है।
प्राण पपीहे का प्रिय स्वाती,

उसकी आंखों के करुणा कण
का सपना होंठों पर अंकित
कर, किसने सागर की गोदी में बिठला उपहास किया-सा।
तन के सौ सुख, सौ सुविधा में मेरा मन वनबास दिया-सा।

सुभग तंरगें उमग दूर की
चट्टानों को नहला आतीं,
तीर-नीर की सरस कहानी
फेन लहर फिर-फिर दुहराती

औ' जल का उच्छ्वास बदल
बादल में कहां-कहां जाता है,
लाज-मरा जाता हूं कहते, मैं सागर के बीच पियासा।
तन के सौ सुख, सौ सुविधा में मेरा मन वनबास दिया-सा।

आज हृदय स्वच्छत नहीं है

तुमको छोड़ कहीं जाने को आज हृदय स्वच्छन्द नहीं है।

रोमराजि पहले गिन डालूं
तब तन के बन्धन बतलाऊं,
नाम दूसरा मन का बन्धन
कैसे दोनों को अलगाऊं,

नित्य बचन की गांठ जोड़ती
मेरी रसना—मेरी रचना,
तुमको छोड़ कहीं जाने को आज हृदय स्वच्छन्द नहीं है।

तुमसे नाता जोड़ अवनि से
ले अम्बर पर्यन्त तुम्हारा
जो था सबकी ललककर
मैंने अपना हाथ पसारा,

नीति-नियम के ऊपर चढ़कर
तुमने ही यह बात कही थी
मेरे कानों में, 'तू कवि है तुझ पर कुछ प्रतिबन्ध नहीं है।'
तुमको छोड़ कहीं जाने को आज हृदय स्वच्छन्द नहीं है।

रूप, रंग, रस, गन्ध सना तो
मुझसे कोई पाप हुआ क्या,
उस दिन का आदेश तुम्हारा
हाय राम, अभिशाप हुआ क्या

अपने मन को समझ तुम्हारा
ही तो मैंने दुलराया था,
मेरे भाल कलंक तुम्हारे हाथ लगाया चन्दन ही है।
तुमको छोड़ कहीं जाने को आज हृदय स्वच्छन्द नहीं है।

मेरी दुर्बलता के पल को
याद तुम्हीं करुणाकर आते,
अपनी करुणा के क्षण में तुम
मेरी दुर्बलता बिसराते,

बुद्धि बिचारी गुमसुम, हारी
साफ़ बोलता पर चित मेरा—
मेरे पाप तुम्हारी करुणा में कोई सम्बन्ध कहीं है।
तुमको छोड़ कहीं जाने को आज हृदय स्वच्छन्द नहीं है।

इस रूपहरी चांदनी में

इस रुपहरी चांदनी में सो नहीं सकते पखेरू और हम भी।

पूर्णिमा का चांद अम्बर पर चढ़ा है,
तारकावलि खो गई है,
चांदनी में वह सफ़ेदी है कि जैसे
धूप ठंडी हो गई है;

नेत्र-निद्रा के मिलन की बीथियों में
चाहिए कुछ-कुछ अंधेरा;
इस रुपहरी चांदनी में सो नहीं सकते पखेरू और हम भी।

नीड़ अपने छोड़ बैठे डाल पर कुछ
और मंडलाते हुए कुछ,
पंख फड़काते हुए कुछ, चहचहाते,
बोल दुहराते हुए कुछ,

'चांदनी फैली गगन में, चाह मन में',
गीत किसका है? सुनाओ!
मौन इस मधुयामिनी में हो नहीं सकते पखेरू और हम भी।
इस रुपहरी चांदनी में सो नहीं सकते पखेरू और हम भी।

इस तरह की रात अम्बर के अजिर में
रोज़ तो आती नहीं है,
चांद के ऊपर जवानी इस तरह की
रोज़ तो छाती नहीं है,

हम कभी होंगे अलग, औ' साथ होकर
भी कभी, होगी तबीयत,
यह विरल अवसर विसुधि में खो नहीं सकते पखेरू और हम
भी इस रुपहरी चांदनी में सो नहीं सकते पखेरू और हम भी।

ये बिचारे तो समझते हैं कि जैसे
यह सबेरा हो गया है,
प्रकृति की नियमावली में क्या अचानक
हेर-फेरा हो गया है;

और जो हम सब समझते हैं कहां इस
ज्योति का जादू समझते,
मुक्त जिसके बन्धनों से हो नहीं सकते पखेरू और हम भी।
इस रुपहरी चांदनी में सो नहीं सकते पखेरू और हम भी।

न तुम सो रही हो, न मैं सो रहा हूं

न तुम सो रही हो, न मैं सो रहा हूं,
मगर यामिनी बीच में ढल रही है।

दिखाई पड़े पूर्व में जो सितारे,
वही आ गए ठीक ऊपर हमारे,
क्षितिज पच्छिमी है बुलाता उन्हें अब,
न रोके रुकेंगे हमारे-तुम्हारे।
न तुम सो रही हो, न मैं सो रहा हूं,
मगर यामिनी बीच में ढल रही है।

उधर तुम, इधर मैं, खड़ी बीच दुनिया,
हरे राम! कितनी कड़ी बीच दुनिया,

किए पार मैंने सहज ही मरुस्थल,
सहज ही दिए चीर मैदान-जंगल,

मगर माप में चार बीते बमुश्किल,
यही एक मंज़िल मुझे खल रही है।
न तुम सो रही हो, न मैं सो रहा हूं,
मगर यामिनी बीच में ढल रही है।

नहीं आंख की राह रोकी किसी ने,
तुम्हें देखते रात आधी गई है,

ध्वनित कंठ में रागिनी अब नई है,
नहीं प्यार की आह रोकी किसी ने,

बढ़े दीप कब के, बुझे चांद-तारे,
मगर आग मेरी अभी जल रही है।
न तुम सो रही हो, न मैं सो रहा हूं,
मगर यामिनी बीच में ढल रही है।

मनाकर बहुत एक लट मैं तुम्हारी
लपेटे हुए पोर पर तर्जनी के

पड़ा हूं, बहुत खुश, कि इन भांवरों
में मिले फ़ारमूले मुझे ज़िन्दगी के,

भंवर में पड़ा-सा हृदय घूमता है,
बदन पर लहर पर लहर चल रही है।
न तुम सो रही हो, न मैं सो रहा हूं,
मगर यामिनी बीच में ढल रही है।

उलझा दी हैं बांहें मैंने

आज चंचला की बांहों में उलझा दी हैं बांहें मैंने।

डाल प्रलोभन में अपना मन
सहल फिसल नीचे को जाना,
कुछ हिम्मत का काम समझते
पांव पतन की ओर बढ़ाना;

झुके वहीं जिस थल झुकने में
ऊपर को उठना पड़ता है;
आज चंचला की बांहों में उलझा दी हैं बांहें मैंने।

कांटों से जो डरनेवाले
मत कलियों से नेह लगाएं,
घाव नहीं है जिन हाथों में,
उनमें किस दिन फूल सुहाए,

नंगी तलवारों की छाया
में सुन्दरता बिहरण करती,
और किसी ने पाई हो पर कभी नहीं पाई है भय ने।
आज चंचला की बांहों में उलझा दी हैं बांहें मैंने।

बिजली से अनुराग जिसे हो
उठकर आसमान को नापे,
आग चले आलिंगन करने,
तब क्या भाप-धुएं से कांपे,

साफ़, उजाले वाले, रक्षित
पन्थ मरों के कन्दर के हैं;
जिन पर ख़तरे-जान नहीं था, छोड़ कभी दी राहें मैंने,
आज चंचला की बांहों में उलझा दी हैं बांहें मैंने।

बूंद पड़ी वर्षा की चूहे
और छछून्दर बिल में भागे,
देख नहीं पाते वे कुछ भी
जड़-पामर प्राणों के आगे;

घन से होड़ लगाने को तन-
मोह छोड़ निर्मम अम्बर में
वज्र-प्रहार सहन करते हैं वैनतेय के पैने डैने।
आज चंचला की बांहों में उलझा दी हैं बांहें मैंने।

साजन आए, सावन आया

अब दिन बदले, घड़ियां बदलीं,
साजन आए, सावन आया।

धरती की जलती सांसों ने
मेरी सांसों में ताप भरा,
सरसी की छाती दरकी तो
कर घाव गई मुझ पर गहरा,

है नियति-प्रकृति की ऋतुओं में
सम्बन्ध कहीं कुछ अनजाना,

अब दिन बदले, घड़ियां बदलीं,
साजन आए, सावन आया।

तूफ़ान उठा जब अम्बर में
अन्तर किसने झकझोर दिया,
मन के सौ बन्द कपाटों को
क्षण-भर के अन्दर खोल दिया,

झोंका जब आया मधुबन में
प्रिय का सन्देश लिये आया—

ऐसी निकली ही धूप नहीं
जो साथ नहीं लाई छाया।
अब दिन बदले, घड़ियां बदलीं,
साजन आए, सावन आया।

घन के आंगन से बिजली ने
जब नयनों से संकेत किया,
मेरी बे-होश-हवास पड़ी
आशा ने फिर से चेत किया,

मुरझाती लतिका पर कोई
जैसे पानी के छींटे दे,

औ' फिर जीवन की सांसें ले
उसकी म्रियमाण-जली काया।
अब दिन बदले, घड़ियां बदलीं।
साजन आए, सावन आया।

रोमांच हुआ जब अवनी
का रोमांचित मेरे अंग हुए,
जैसे जादू की लकड़ी से
कोई दोनों को संग छुए,

सिंचित-सा कंठ पपीहे का
कोयल की बोली भीगी-सी,

रस-डूबा, स्वर में उतराया
यह गीत नया मैंने गाया।
अब दिन बदले, घड़ियां बदलीं,
साजन आए, सावन आया।

इसकी मुझको लाज नहीं है

मैं सुख पर, सुखमा पर रीझा, इसकी मुझको लाज नहीं है।

जिसने कलियों के अधरों में
रस रक्खा पहले शरमाए,
जिसने अलियों के पंखों में
प्यास भरी वह सिर लटकाए,

आंख करे वह नीची जिसने
यौवन का उन्माद उभारा,
मैं सुख पर, सुखमा पर रीझा, इसकी मुझको लाज नहीं है।

मन में सावन-भादों बरसे,
जीभ करे, पर, पानी-पानी!
चलती-फलती है दुनिया में
बहुधा ऐसी बेईमानी,

पूर्वज मेरे, किन्तु, हृदय की
सच्चाई पर मिटते आए,

मधुवन भोगे, मरु उपदेशे मेरे वंश रिवाज़ नहीं है।
मैं सुख पर, सुखमा पर रीझा, इसकी मुझको लाज नहीं है।

चला सफ़र पर जब तब मैंने
पथ पूछा अपने अनुभव से,
अपनी एक भूल से सीखा
ज़्यादा, औरों के सच सौ से,

मैं बोला जो मेरी नाड़ी
में डोला, जो रग में घूमा,
मेरी वाणी आज किताबी नक़्शों की मोहताज नहीं है।
मैं सुख पर, सुखमा पर रीझा, इसकी मुझको लाज नहीं है।

अधरामृत की उस तह तक मैं
पहुंचा विष को भी चख आया,
और गया सुख को पिछुआता
पीर जहां वह बनकर छाया,

मृत्यु गोद में जीवन अपनी
अन्तिम सीमा पर लेटा था,

राग जहां पर, तीव्र अधिकतम है, उसमें आवाज़ नहीं है।
मैं सुख पर, सुखमा पर रीझा, इसकी मुझको लाज नहीं है।

गंगा की लहर

(सहगान के लिए : उत्तर प्रदेश की एक लोकधुन पर आधारित)

गंगा की लहर अमर है,
गंगा की।

धन्य भगीरथ
के तप का पथ।
गगन कंपा थरथर है।
गंगा की,
गंगा की लहर अमर है।

नभ से उतरी
पावन पुतरी,
दृढ़ शिव-जूट-जकड़ है।
गंगा की,
गंगा की लहर अमर है।

बांध न शंकर
अपने सिर पर,
यह धरती का वर है।
गंगा की,
गंगा की लहर अमर है।

जह्नु न हठ कर
अपने मुख धर,
तृषित जगत-अन्तर है।
गंगा की,
गंगा की लहर अमर है।

एक धार जल
देगा क्या फल?
भूतल सब ऊसर है।
गंगा की,
गंगा की लहर अमर है।

लक्ष धार हो।
भू पर विचरो,
जग में बहुत ज़हर है।
गंगा की,
गंगा की लहर अमृत है,
गंगा की लहर अमर है,
गंगा की।

सोन मछरी

संत्यज्य मत्स्यरूपं सा दिव्यं रूपमवाप्य च—महाभारत। 63। 66।

(स्त्री-पुरुषों के दो दल बनाकर सहगान के लिए : उत्तर प्रदेश की एक लोकधुन पर आधारित जिसे 'ढिंढिया' कहते हैं)

स्त्री

जाओ, लाओ, पिया, नदिया से सोन मछरी।
पिया, सोन मछरी, पिया सोन मछरी।
जाओ, लाओ, पिया, नदिया से सोन मछरी।

उसकी हैं नीलम की आंखें,
हीरे-पन्ने की हैं पांखें,
वह मुख से उगलती है मोती की लरी।
पिया, मोती की लरी, पिया, मोती की लरी।
जाओ, लाओ, पिया, नदिया से सोन मछरी।

पुरुष

सीता ने सुबरन मृग मांगा,
उनका सुख लेकर वह भागा, बस
रह गई नयनों में आंसू की लरी।

रानी, आंसू की लरी, रानी, आंसू की लरी।
रानी, मत मांगो नदिया की सोन मछरी।

स्त्री

जाओ, लाओ, पिया, नदिया से सोन मछरी।
पिया, सोन मछरी, पिया, सोन मछरी।
जाओ, लाओ, पिया, नदिया से सोन मछरी।

पिया डोंगी ले सिधारे,
मैं खड़ी रही किनारे,
पिया लौटे लेके बगल में सोने की परी।
पिया, सोने की परी, नहीं सोन मछरी।
पिया, सोन मछरी, नहीं सोने की परी।

पुरुष

मैंने बंसी जल में डाली,
देखी होती बात निराली,
छूकर सोन मछरी हुई सोने की परी।
रानी, सोने की परी, रानी, सोने की परी।
छूकर सोन मछरी हुई सोने की परी।

जाओ, लाओ, पिया, नदिया से सोन मछरी।
पिया, सोन मछरी, पिया सोन मछरी ।
जाओ, लाओ, पिया नदिया से सोन मछरी ।

स्त्री

पिया परी अपनाए,
हुए अपने पराए,
हाय! मछरी जो मांगी, कैसी बुरी थी घरी!
कैसी बुरी थी घरी! कैसी बुरी थी घरी!
सोन मछरी जो मांगी, कैसी बुरी थी घरी।

जो है कंचन का भरमाया,
उसने किसका प्यार निभाया,
मैंने अपना बदला पाया,
मांगी मोती की लरी, पाई आंसू की लरी।

पिया, आंसू की लरी, पिया, आंसू की लरी।
मांगी मोती की लरी, पाई आंसू की लरी।

जाओ, लाओ, पिया, नदिया से सोन मछरी।
पिया, सोन मछरी, पिया, सोन मछरी।
जाओ, लाओ, पिया, नदिया से सोन मछरी।

महुआ के नीचे

(ढोलक पर सहगान के लिए : उत्तर प्रदेश की एक लोकधुन पर आधारित)

महुआ के,
महुआ के नीचे मोती झरे,
महुआ के।

यह खेल-हंसी,
यह फांस फंसी,
यह पीर किसी से मत कह रे।
महुआ के,
महुआ के नीचे मोती झरे,
महुआ के।

अब मन परबस,
अब सपन परस,
अब दूर दरस, अब नयन भरे।
महुआ के,
महुआ के नीचे मोती झरे,
महुआ के।

अब दिन बहुरे,
जी की कह रे,

मनबासी पी के मन बस रे
महुआ के,
महुआ के नीचे मोती झरे,
महुआ के।

घड़ियां सुबरन,
दुनिया मधुबन,
उसको जिसको न पिया बिसरे।
महुआ के,
महुआ के नीचे मोती झरे,
महुआ के।

सब सुख पाएं,
सुख सरसाएं
कोई न कभी मिलकर बिछुड़े।
महुआ के,
महुआ के नीचे मोती झरे,
महुआ के।

आंगन का बिरवा

(अकेले गाने के लिए : लोकधुन पर आधारित)

आंगन के
आंगन के बिरवा मीत रे,
आंगन के!

रोप गए साजन,
सजीव हुआ आंगन;
जीवन के बिरवा मीत रे,

आंगन के
आंगन के बिरबा मीत रे,
आंगन के!

पी की निशानी
को देते पानी
नयनों के घट गए रीत रे।
आंगन के
आंगन के बिरवा मीत रे,
आंगन के!

फिर-फिर सावन
बिन मनभावन;
सारी उमर गई बीत रे।
आंगन के
आंगन के बिरवा मीत रे,
आंगन के!

तू अब सूखा,
सब दिन रूखा,
दूखा गले का गीत रे।
आंगन के
आंगन के बिरवा मीत रे,
आंगन के!

अन्तिम शैया
हो तेरी छैंयां,
दैया निभा दे प्रीत रे!
आंगन के
आंगन के बिरवा मीत रे,
आंगन के!

मालिन बीकानेर की

(बीकानेरी मज़दूरिनियों से सुनी एक लोकधुन के आधार पर)

'लाई हूं फूलों का हास, लोगी मोल, लोगी मोल !' –पन्त

फुलमाला ले लो,
लाई है मालिन बीकानेर की।
मालिन बीकानेर की।

बाहर-बाहर बालू-बालू,
भीतर-भीतर बाग़ है,
बाग़-बाग़ में हर-हर बिरवे
धन्य हमारा भाग है;
फूल-फूल पर भौंरा, डाली-डाली कोयल टरती।
फुलमाला ले लो,
लाई है मालिन बीकानेर की।
मालिन बीकानेर की।

धवलपुरी का पक्का धागा,
सूजी जैसलमेर की,
झीनी-बीनी रंग-बिरंगी
डलिया है अजमेर की;
कलियां डूंगरपुर, बूंदी की, अलवर की, अम्बेर की।
फुलमाला ले लो,

लाई है मालिन बीकानेर की।
मालिन बीकानेर की।

ओढ़नी आधा अम्बर ढक ले
ऐसी है चितौर की,
चोटी है नागौर नगर की,
चोली रनथम्भौर की;
घंघरी आधी धरती ढकती है मेवाड़ी घेर की।
फुलमाला ले लो,
लाई है मालिन बीकानेर की।
मालिन बीकानेर की।

ऐसी लम्बी माल कि प्रीतम-
प्यारी पहनें साथ में;
ऐसी छोटी माल कि कंगन
बांधे दोनों हाथ में,
पल-भर में कलियां कुम्हलातीं द्वार खड़ी है देर की।
फुलमाला ले लो,
लाई है मालिन बीकानेर की।
मालिन बीकानेर की।

एक टका धागे की क़ीमत
पांच टके हैं फूल की,
तुमने मेरी कीमत पूछी? —
भोले, तुमने भूल की।
लाख टके की क़ीमत मेरी!—दुनिया है अंधेर की!

फुलमाला ले लो,
लाई है मालिन बीकानेर की।
मालिन बीकानेर की।
सुहागिन बीकानेर की—

चल बंजारे

चल बंजारे,
तुझे निमन्त्रित करती धरती नई,
नया ही आसमान!
चल बंजारे—

दूर गए मधुवन रंगराते,
तरु छाया फल से ललचाते,
भृंग-विहंगम उड़ते-गाते,
प्यारे, प्यारे।
चल बंजारे;
तुझे निमन्त्रित करती धरती नई,
नया ही आसमान!
चल बंजारे—

छूट गई नद्दी की धारा,
जो चलती थी काट कगारा,
जो बहती थी फांद किनारा,
मत पछता रे।
चल बंजारे,
तुझे निमन्त्रित करती धरती नई,

नया ही आसमान!
चल बंजारे—

दूर गए गिरिवर गर्वीले,
धरती जकड़े, अम्बर कीले,
बीच बहाते निर्झर नीले,
फेन फुहारे।
चल बंजारे,
तुझे निमन्त्रित करती धरती नई,
नया ही आसमान!
चल बंजारे

पार हुए मरुथल के टीले,
सारे अंजर-पंजर ढीले,
बैठ न थककर कुंज-करीले,
धूल-धुआरे।
चल बंजारे,
तुझे निमन्त्रित करती धरती नई,
नया ही आसमान!
चल बंजारे—

चलते-चलते अंग पिराते,
मन गिर जाता पांव उठाते,
अब तो केवल उम्र घटाते
सांझ, सकारे।
चल बंजारे,

तुझे निमन्त्रित करती धरती नई,
नया ही आसमान!
चल बंजारे—

क्या फिर पट-परिवर्तन होगा?
क्या फिर से तन कंचन होगा?
क्या फिर अमरों-सा मन होगा?
आस लगा रे।
चल बंजारे,
तुझे निमन्त्रित करती धरती नई,
नया ही आसमान!
चल बंजारे,

जब तक तेरी सांस न थमती, थमे न तेरा
क़दम, न तेरा-कंठ-गान!
चल बंजारे—

खोलो किवाड़

(ढोलक-मजीरे पर सहगान के लिए :
उत्तर प्रदेश की एक लोकधुन पर आधारित)

पिया, खोलो किवाड़,
पिया, खोलो किवाड़,
कोयल की गूंजीं पुकारें।

बगिया में मरमर,
दुनिया में जगहर,
उतरीं किरन की कतारें।
पिया, खोलो किवाड़,
पिया, खोलो किवाड़,
कोयल की गूंजीं पुकारें।

कलियों में गुन-गुन,
गलियों में रुन-झुन,
अम्बर से गातीं बहारें।
पिया, खोलो किवाड़,
पिया, खोलो किवाड़,
कोयल की गूंजीं पुकारें।

पतझर को भूली,
हर डाली फूली,
बीती को हम भी बिसारें।
पिया, खोलो किवाड़,
पिया, खोलो किवाड़,
कोयल की गूंजीं पुकारें।

गूंगी थीं घड़ियां,
गीतों की कड़ियां,
वीणा को फिर झनकारें।
पिया, खोलो किवाड़,
पिया, खोलो किवाड़,
कोयल की गूंजीं पुकारें।

माना कि दुख है,
बिधना विमुख है,
आओ उसे ललकारें।
पिया, खोलो किवाड़,
पिया, खोलो किवाड़,
कोयल की गूंजीं पुकारें।

भिगाए जा, रे...

भीग चुकी अब जब सब सारी,
जितना चाह भिगाए जा, रे!

आंखों में तस्वीर कि सारी,
सूखी-सूखी, साफ़, अदागी,
पड़नी थी दो छींट छटककर
मैं तेरी छाया से भागी!

बचती तो जड़ हठ, कुंठा की
अभिमानी गठरी जाती;

भाग रहा था तन, मन कहता
जाता था, पिछुआए जा, रे!
भीग चुकी अब जब सब सारी,
जितना चाह भिगाए जा, रे!

सब रंगों का मेल कि मेरी
उजली-उजली सारी काली
और नहीं गुन ज्ञात कि जिससे
काली को कर दूं उजियाली;

डर के घर में लापरवाही,
निर्भयता का मोल बड़ा;

अब जो तेरे मन को भाए
तू वह रंग चढ़ाए जा, रे!
भीग चुकी अब जब सब सारी,
जितना चाह भिगाए जा, रे!

कठिन कहां था गीला करना,
रंग देना इस बसन, बदन को,
मैं तो तब जानूं रस-रंजित
कर दे जब तू मेरे मन को,

तेरी पिचकारी में वह रंग
वह गुलाल तेरी झोरी में

हो तो तू घर, आंगन, भीतर,
बाहर फाग मचाए जा, रे!
भीग चुकी अब जब सब सारी,
जितना चाह भिगाए जा, रे!

मेरे हाथ नहीं पिचकारी
और न मेरे कांधे झोरी,
और न मुझमें है बल, साहस,
तेरे साथ करूं बरजोरी,

क्या तेरी गलियों में होली
एकतरफ़ी खेली जाती है?

आकर मेरे आलिंगन में
मेरे रंग रंगाए जा, रे।
भीग चुकी अब जब सब सारी,
जितना चाह भिगाए जा, रे!